L'HEUREUX
CHANSONNIER,

CHOIX VARIÉ

DE CHANSONS ET ROMANCES,

DÉDIÉ A LA JEUNESSE.

Propriété de l'Éditeur.

AVIGNON,

OFFRAY AÎNÉ, IMPRIMEUR-LIBRAIRE, pl. St-Didier.

Y

L'HEUREUX CHANSONNIER,

CHOIX VARIÉ

DE CHANSONS ET ROMANCES,

DÉDIÉ A LA JEUNESSE.

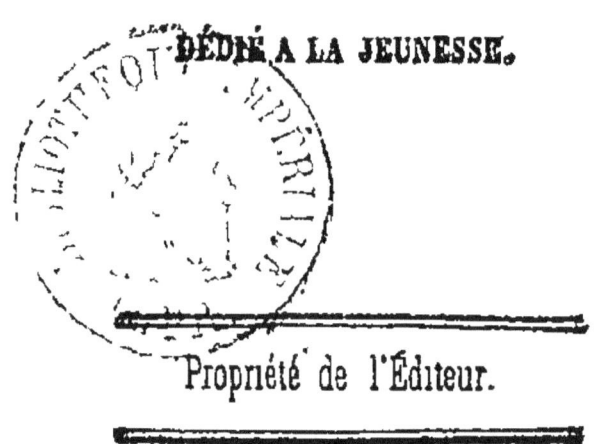

Propriété de l'Éditeur.

AVIGNON;

OFRRAY AÎNÉ, IMPRIMEUR-LIBRAIRE, pl. St-Didier

1865.

L'HEUREUX CHANSONNIER.

COUPLETS

A CHANTER A UNE NOCE.

AIR : *Autour de moi dansez, chantez sans cesse*

Reprends ton luth, ô ma muse chérie
Un nouveau chant doit encore vibrer ;
Un jeune couple aujourd'hui se marie,
C'est ce beau jour que tu dois célébrer.
  Chantons en chœur,
   La fête
   Est complète ;
  Chantons en chœur
  Amour et bonheur.

Souvent l'amour en secret fait la guerre,
Et, seul à seul, tente un aimable cœur ;
Mais en ce jour il n'est plus de mystère :
L'hymen triomphe, et l'amour est vainqueur.
  Chantons en chœur,
   La fête
   Est complète ;
  Chantons en chœur
  Hymen et bonheur.

Heureux époux, votre cœur en délire
Palpite, craint et sourit à la fois ;
Ne craignez rien dans l'amoureux empire,
Car il est doux d'obéir à ses lois.

Chantons en chœur,
La fête
Est complète ;
Chantons en chœur
Tendresse et bonheur.

Le Dieu charmant qui conduit l'hyménée
S'est réservé d'ineffables douceurs ;
Quand les amans lui vouent leur destinée,
Il leur prépare un long chemin de fleurs.
Chantons en chœur ,
La fête
Est complète ;
Chantons en chœur
Ivresse et bonheur.

L'oiseau, parmi les fleurs et la verdure,
Place un berceau pour sa postérité ;
Pour les époux , tirons-en bon augure ;
Espérons-leur même félicité.
Chantons en chœur ,
La fête
Est complète ,
Chantons en chœur
Famille et bonheur.

Mais il est tard et déjà la journée
Depuis longtemps se prolonge aux flambeaux,
C'est faire tort à la nuit fortunée ,
Ah ! laissons donc les époux en repos.
Chantons en chœur ,
La fête
Est complète ;
Chantons en chœur
Silence et bonheur.

SOUVENIRS.

Air : *Gastibelza, l'homme à la carabine.*

Voici l'endroit où, dans ma folle ivresse,
    A tes genoux,
Tout palpitant, je fis de ma tendresse
    L'aveu si doux.
Un calme pur régnait dans ce bocage,
    Et tour-à-tour
Le rossignol sous le naissant feuillage
    Chantait l'amour,
    Oui, chantait l'amour.

Les fleurs du bois s'échappaient en rosée
    Devant nos pas.
Oh ! je brûlais d'exprimer ma pensée,
    Je n'osais pas.
Mais tout-à-coup, dans un délire extrême,
    Mes vœux au jour,
Ma faible voix murmura : je vous aime
    D'un tendre amour !
    Oui, d'un tendre amour.

La brise alors suspendit ses caresses,
    L'oiseau cessa ;
Pour écouter l'arrêt de mes tendresses,
    Tout s'apaisa.
Ton front rougit, et ta bouche murmure
    Un vain détour,
Et tout répète en l'immense nature
    Deux mots d'amour,
    Oui, deux mots d'amour.
Dès ce moment tu répands sur ma vie
    Baume et douceur ;

Heureux par toi , mon bonheur , mon envie
    Sont ton bonheur.
Mon nom t'est doux , le tien fait ma prière ,
    Et , jour par jour,
Notre union ne sera tout entière
    Qu'un chant d'amour ,
    Oui , qu'un chant d'amour.

LE POINT DU JOUR OU LA SEMENCE.

AIR : *Muse des bois , etc.*

Au firmament l'étoile brille encore ,
Le doux sommeil épanche ses pavots ;
A l'horizon rien n'annonce l'aurore ,
On boit l'oubli des pénibles travaux.
Mais un vieux coq , en vigilant apôtre ,
A réveillé les hameaux d'alentour ,
Et l'on entend d'une maison à l'autre :
Debout , debout , voici le point du jour.

Allons , bouvier, debout, l'heure est venue ,
Dit le patron , sa lanterne à la main ;
Tes bœufs sont prêts, attèle la charrue,
C'est le moment de te mettre en chemin.
Enfants, servante et tous mes domestiques,
N'attendez pas que je sois de retour ,
Les forgerons ont ouvert leurs boutiques,
Debout, debout , voici le point du jour.

Mais respectez la couche virginale
Où dort en paix l'innocente beauté ;
Epargnez-la , l'heure est trop matinale,
Ne troublez pas sa douce volupté.

Non, non, debout, je n'épargne personne,
Car la semence est enfin de retour ;
Point de retard , je le veux, je l'ordonne,
Debout, debout, voici le point du jour.

Il n'est pas jour, l'on entend sur la place
Marcher les bœufs domptés et mugissants ,
Le bruit des pas se mêle dans l'espace
Aux bêlemens des troupeaux bondissants ;
En même temps , traversant le village
A la lueur de la forge et du four ,
Filles., garçons chantent à leur passage :
Debout, debout, voici le point du jour.

Le soir venu , l'on rentre en sa demeure
A pas tardifs , et l'accent fatigué ;
La vigueur passe et le plaisir demeure ,
On est moins vif sans en être moins gai.
Dans le repos d'une bonne conscience
On va bientôt se plonger sans détour ,
Et l'on verra la même vigilance
Recommencer avec le point du jour.

AUX FEMMES.

AIR : *De la gaze*, ou : *Avec vous sous le même toit.*

Sexe chéri de tous les cœurs ,
En vain souvent on vous outrage ;
Que nous vous devons de douceurs !
Notre bonheur est votre ouvrage.
L'homme d'abord vous doit le jour;
Bientôt il vous doit davantage ;
Et vous inspirez de l'amour
Au jeune , au vieux , même au plus sage.

L'enfant de vos dons sent le prix,
Et déjà sa bouche enfantine
Caresse avec un doux souris
D'un lait pur la source divine.
L'homme encore dans son matin
Trouve en vous sa meilleure amie :
Il va puiser dans votre sein
Déjà l'amour avec la vie.

Quand l'hymen, d'après nos souhaits,
Par vous a comblé notre ivresse,
Nous vous devons plus que jamais
Le tribut de notre tendresse.
A d'intéressants rejetons
Notre amour commun donne l'être ;
Et c'est à vous que nous devons
Le plaisir de nous voir renaître.

Regrettant d'aimables erreurs,
Quand nous touchons à notre automne,
Quand, accablés sous les malheurs,
Notre courage en vain s'étonne,
De l'amitié la douce voix
Redonne un charme à notre vie,
Nous courons encore, par choix,
Chez vous pour trouver une amie.

Sous le poids de la vétusté,
Même, quand le mortel succombe,
Le sourire de la beauté
Semble lui dérober sa tombe.
La femme est toujours son trésor ;
Environné de sa famille,
Ses bras tremblants cherchent encor
A presser sa femme et sa fille.

Puissé-je , au gré de mes désirs ,
Unir un jour dans ma patrie
Les doux objets de mes plaisirs ,
Mes sœurs , ma mère et mon amie !
Et lorsque, blanchi par les ans ,
Je terminerai ma carrière ,
Puisse ma fille en ces instants
Clore mes yeux à la lumière !

CHANSONNETTE.

Air : *Il n'y a que Paris , etc.*

A se plaindre on est fort enclin ,
Et depuis que je suis au monde ,
C'est toujours le même refrain ;
J'entends répéter à la ronde :
Le bon temps que le temps jadis !
Tout va , tout va de mal en pis.

Gourmands , affaiblis par les ans ,
Nous disent d'un ton lamentable :
« On mangeait mieux de notre temps ,
On restait plus longtemps à table. »
Le bon temps que le temps jadis !
Tout va , tout va de mal en pis.

La coquette dit à son tour ,
Regrettant beaucoup sa jeunesse :
« On ne sait plus faire la cour ,
On méconnaît la politesse. »
Le bon temps que le temps jadis !
Tout va , tout va de mal en pis.

Nos pères valaient mieux que nous ,
Ils étaient vertueux et sages ;
Auprès d'eux nous sommes des fous ;

Pourtant tels sont nos avantages,
Nous valons bien mieux que nos fils ;
Tout va, tout va de mal en pis.

Malade, accablé de douleur,
J'appelle un médecin bien vîte ;
Et voilà qu'un savant docteur
Me rend visite sur visite.
Hélas ! depuis ce temps je dis :
Tout va, tout va de mal en pis.

Je me plaignais d'être garçon,
Et désirais femme jolie.
Un matin, perdant la raison,
Pour mes péchés je me marie ;
Hélas ! depuis ce temps je dis :
Tout va, tout va de mal en pis.

AUX AMANTS ET BUVEURS.

AIR : *Adieu, je vous fuis, bois charmant.*

Pour les buveurs, pour les amants
N'importe quel temps qu'il fasse ;
Le rude hiver n'a point de glace ;
Aux jeunes cœurs l'aveugle dieu
Souffle une flamme salutaire ;
Au buveur, pour en tenir lieu,
Il suffit de boire à plein verre.

Quand le lion, du haut des airs,
Verse des torrents de lumière,
Et qu'il embrase l'univers
Des feux de sa vaste crinière,
Pour être à l'abri de ses coups,
Il faut, à l'ombre d'une treille,

Au tendre amant un rendez-vous,
Au franc buveur une bouteille.

Ne redoutant ni, chaud, ni froid,
Près d'une belle ou de la table,
L'amant, le buveur, à bon droit,
Mènent une vie agréable.
Aimons, buvons, c'est le moyen
De vivre en bonne intelligence :
Quand on prend le temps comme il vient,
On ne prend pas d'impatience.

FOUETTE, COCHER.

AIR : *Ça ne se peut pas.*

Si le corps est un équipage,
Comme certain auteur l'a dit,
Son destin dépend, en voyage,
Du conducteur que l'on choisit :
Pour le mien, j'ai pris Epicure,
Dût-il me faire trébucher ;
Tant que durera la voiture,
Fouette, cocher ! (*bis*).

Pourquoi naguère, sans pécune,
Et du destin, faible jouet,
Paul, dans le char de la fortune,
Fait-il si bien claquer son fouet ?
C'est que jadis, fier de s'instruire
Dans l'art de ne pas accrocher,
Paul, chaque jour, s'entendait dire :
Fouette, cocher !

Dans sa poétique manie,
Des muses enfant boursouflé,
Tu prétends qu'au char du génie
Pour toi Pégase est attelé.
Il faut voler dans la carrière
Où tu peux à peine marcher ;
Si tu veux sortir de l'ornière,
Fouette, cocher.

Avec une aimable bergère,
Est-il un guide plus charmant :
Jeune, du pays de Cythère
On fait le chemin lestement.
Mais, quand de cet heureux empire,
Vieux, on veut encore approcher,
On est souvent forcé de dire :
Fouette, cocher.

Qu'un financier, par aventure,
M'invite à son triste repas,
Mon cocher, sans que j'en murmure,
Peut m'y conduire au petit pas.
Mais d'amis, joyeux sans scandale,
Trop heureux de me rapprocher,
Je dis, en venant à Cancale,
Fouette, cocher.

Cher Épicure, guide aimable,
J'espérais en vain te garder ;
Le temps, cocher infatigable,
Trop tôt saura te remplacer ;
Et quand son lugubre équipage
Un beau jour viendra me chercher,
Je dirai, puisque c'est l'usage :
Fouette, cocher !

JE T'AIMERAI !

AIR : *Muse des jeux et des accords champêtres*

Toi , dont l'amour commande la constance ,
Oserais-tu te plaindre de ma foi ?
En accusant mon cœur d'indifférence ,
Songes-y bien , tu n'offenses que toi.
T'aimer, te voir est mon bonheur suprême ;
A ton nom seul je me sens enflammer.
Rigueurs , dépits , caprices , rivaux même
Rien ne pourra m'empêcher de t'aimer. (*bis*)

Je t'aimerai , tant qu'on verra l'aurore
Nous annoncer le retour du soleil ;
Tant qu'aux jardins de Pomone et de Flore ,
Petits oiseaux chanteront son réveil ;
Je t'aimerai tant que le doux Zéphyre ,
En se jouant , caressera les fleurs ;
Je t'aimerai , tant qu'aimer voudra dire :
Tourment d'amour, espoir, plaisirs, douleurs.

Je t'aimerai , soumis à ton empire ,
Tant que la rose envîra tes couleurs ;
Tant que tes jeux , ton aimable sourire ,
Auprès de toi fixeront tous les cœurs ;
Je t'aimerai , tant que de ta personne
Seront jaloux les grâces , les Amours ;
Je t'aimerai tant que tu seras bonne ;
C'est dire , enfin : je t'aimerai toujours.

LES VENDANGES.

AIR : *du vaudeville de oui ou non*, etc.

Ce fut en vendange autrefois
Qu'Ariane la désolée
A Naxos réduite aux abois
Par Bacchus se vit consolée.
Elle se lamentait : soudain
Le Dieu craignant qu'elle n'échappe
Vient, lui présente un beau raisin,
Et la belle mord à la grappe.

Dans l'Orient portant ses pas ,
Vainqueur jusqu'aux rives du Gange ,
Bacchus enrichit ces climats
Des doux trésors de la vendange.
Le monde entier reconnaissant
De ce Dieu célèbre la gloire ;
Sans lui l'univers languissant
N'aurait eu que de l'eau pour boire.

Amis, célébrons en ce jour
Le Dieu créateur des vendanges,
Et sur nos lyres tour-à-tour
Entonnons gaiment ses louanges.
Evohé ! que ce nom est beau !
Comme il retentit à l'oreille !
Je suis roi, quand sous un berceau
Je tiens ma belle et ma bouteille !

LE PETIT MOT POUR RIRE.

Air : *La marmotte a mal aux pieds.*

Je veux chercher à mon tour
Un sujet qui m'inspire.
Je le tiens ; dans ce beau jour,
Messieurs, je vais vous dire
Le petit mot (*ter*) pour rire.

Ses effets sont surprenants,
Je vais vous les décrire,
Et vous verrez qu'en tout temps
Chacun se plaît à dire
Le petit mot pour rire.

Ainsi, dès qu'un jeune enfant
Se lamente et soupire,
On voit la bonne maman
S'empresser de lui dire
Le petit mot pour rire.

Voyez ce fin charlatan,
Qui cherche à vous séduire;
Pour attraper notre argent,
Il a grand soin de dire
Le petit mot pour rire.

D'un mauvais pas bien souvent
Si le gascon se tire,
C'est que toujours le plaisant
A le talent de dire
Le petit mot pour rire.

Pourquoi voyons-nous l'Anglais
Si souvent se détruire ?
Comme nous autres Français

Jamais il n'a su dire
Le petit mot pour rire.

A notre aimable gaité
Nous devons notre empire,
Et le Français n'est fêté
Que parce qu'il sait dire
Le petit mot pour rire.

Même on dit que nos guerriers
Au plus fort de leur délire,
Tout en cueillant des lauriers,
Trouvent le temps de dire
Le petit mot pour rire.

On admire le pouvoir
Du petit mot pour rire.
Un médecin sans savoir
Prospère, s'il sait dire
Le petit mot pour rire.

On dit : mais je n'en sais rien,
C'est peut-être médire,
Que les dames aiment bien
Autant que nous à dire
Le petit mot pour rire.

L'APPÉTIT VIENT EN MANGEANT.

AIR : *Frère Pierre à la cuisine.*

Par fois l'homme sans courage
Craint la mort dans les combats,
Les dangers du mariage,
Les excès d'un grand repas.
Inconstant,
A l'instant

Il change de caractère.
En amour, à table, en guerre,
L'appétit vient en mangeant.

L'amour est bien douce chose,
Et chaque belle a son tour :
A quinze ans l'aimable Rose
Rougissait au mot d'amour.
        Maintenant
            Un amant,
Quand à sa Rose il a su plaire,
A toujours plus d'un confrère...
L'appétit vient en mangeant.

Jadis, peu digne d'envie
J'étais l'ennemi du vin ;
Pour le bonheur de ma vie,
J'ai goûté ce jus divin !
        . Doux moment !
            Constamment,
Pour en garder la mémoire,
Nuit et jour je voudrais boire...
L'appétit vient en mangeant.

Friponneau, dans sa jeunesse,
Végétant à peu de frais,
Engraissait avec adresse
Quelques innocens procès :
            Dissertant,
                Radotant,
Aujourd'hui son talent brille ;
Sans pudeur il vole, il pille...
L'appétit vient en mangeant.

Dans son jeune âge, Glycère
Jouait avec les amours ;

Elle cherche encore à plaire...
Femme veut charmer toujours !
        Sans amant
        Tristement
Elle finit sa carrière,
Hélas ! faut-il qu'à Cythère
L'appétit vienne en mangeant.

CHANSON BACHIQUE.

AIR : *Des pierrots.*

La société joyeuse
Qui daigne m'écouter
Sera toujours heureuse ,
Voulant boire et chanter.
Quand la mélancolie
Vient ternir son bonheur ,
Bientôt elle s'oublie
En redisant en chœur :

    Enfants de la folie ,
    Egayons notre vie ,
    Caressons notre amie
    Et chantons la gaîté ,
    Célébrons et chantons
    L'amour et la gaîté.

Lorsque dans cette enceinte
Nous sommes réunis ,
Ne craignons pas l'atteinte
De rivaux ennemis.
L'amitié qui nous lie
Est un fort bon soutien ,
La haine ni l'envie
Ne brisent pas ce lien.

    Enfants de la folie , etc.

Près d'une femme aimable,
Soyons toujours joyeux,
Quand nous sommes à table,
l'étons ce bon vin vieux.
Chassons la politique
De nos gais entretiens,
Rien de mélancolique
Dans nos joyeux refrains.

    Enfans de la folie , etc.

L'occasion est belle ,
Buvons jusqu'à demain ,
Si l'un de nous chancelle ,
Nous lui tendrons la main.
Quand viendra la vieillesse ,
Nous serons plus prudent ,
L'on n'a qu'une jeunesse ,
Amis , profitons-en.

    Enfans de la folie , etc.

 Ceux dont l'économie
Porte à boire de l'eau
Nous disent que la vie
Est pour eux un fardeau.
Ils se plaignent sans cesse
De leur mauvais repas.
Mais puisque la richesse
Ne s'emportera pas ,

    Enfants de la folie ,
    Egayons notre vie ,
    Caressons notre amie
    Et chantons la gaîté ,
    Célébrons et chantons
    L'amour et la gaîté,

LE RETOUR DU PRINTEMPS.

Déjà tout renaît à la vie,
L'hiver au loin fuit en courroux,
Déjà, sur la terre embellie,
Phœbus lance un rayon plus doux.
Autrefois ma muse légère
Eût chanté ces heureux instants.
On m'aimait... j'ai cessé de plaire
Et je n'aime plus le printemps.

Fleurs, qui me rappelez Estelle ;
Jeune rose ! mystère chéri !
Je ne vous cueille plus pour elle ;
Pour moi vous n'avez plus de prix.
Berceau riant, dont le feuillage
Sert d'asile aux heureux amants,
Que ferais-je sous votre ombrage ?
Non, je n'aime plus le printemps.

Lorsque l'alouette légère
Du matin chante la fraîcheur,
Son chant joyeux me désespère,
Je suis triste de son bonheur.
De la plaintive Philomèle,
J'aimerais encor les accents ;
Mais les écouter sans Estelle,
Non, je n'aime plus le printemps.

LA PETITE MAITRESSE.

AIR : *Du petit matelot.*

Je n'aime pas qu'on me répète
La même chose chaque jour ;
Le mot d'amour me rompt la tête,

On ne me parle que d'amour ;
Toujours : Aimez-moi ! Je vous aime !
Ah ! cruelle, vous n'aimez rien.
C'est une erreur, je vais, moi-même,
Vous dire ce que j'aime bien.

J'aime à dormir après l'aurore,
J'aime à coucher sur le duvet ;
Au sortir du lit, j'aime encore
A trouver mon déjeûner prêt.
Dans ce qui tient à ma toilette,
J'aime beaucoup la nouveauté ;
Mais, quoiqu'on me trouve coquette,
J'aime à ménager ma santé.

J'aime à contempler la nature,
J'aime le retour du printemps,
J'aime les fleurs et la verdure,
J'aime à courir par le beau temps.
J'aime la bonne compagnie,
J'aime quelques joyeux couplets,
J'aime à sortir quand je m'ennuie,
J'aime à rester où je me plais.

J'aime aussi la fraîcheur des roses,
Mais sur mon visage surtout ;
J'aime encor beaucoup d'autres choses
Qui flattent mon cœur et mon goût.
Me dire que je suis cruelle,
C'est n'avoir pas le sens commun :
J'aimerais un amant fidèle,
Si l'on pouvait en trouver un.

TOI ET MOI.

Air : *C'était le berceau de nos pères.*

Te rappelles-tu ce beau jour
Où nos yeux, échos de nos ames,
Allumèrent en nous les flammes
D'un pur et mutuel amour ?
De la rose, emblême fidèle,
Digne objet dont je suis la loi,
T'en souviens-tu, charmante Adèle,
Je jurai de n'aimer que toi.

Je n'ai point trahi mon serment :
Privé de ta douce présence,
Je le répète en ton absence,
Je le redis à tout moment.
Ah ! si quelque bouche traîtresse
M'accusait de manquer de foi,
Dis-lui, pour venger ma tendresse,
Dis-lui que je n'aime que toi.

Qui, par tes attraits enchanté,
Soudain ne t'eût rendu les armes ?
En toi je trouve tous les charmes,
Grâce, fraîcheur, talent, beauté !
Le premier rayon de l'aurore
Au printemps est moins doux pour moi
Que la fleur que je vois éclore :
Cette fleur, Adèle, c'est toi.

Souvent solitaire et rêveur,
Sur le coteau, dans la prairie,
Ton image, amante chérie,
D'amour fait palpiter mon cœur.

O transport ! ô divin délire !
L'univers s'embellit par toi ;
Je chante, j'accorde ma lyre,
Et l'écho répète : aime-moi.

Aime-moi ! que ce mot est beau !
Quand un couple ému l'improvise ;
Aime-moi sera ma devise,
Je veux l'emporter au tombeau ;
Je veux, dans le royaume sombre,
M'occuper sans cesse de toi ;
Et mon ombre unie à ton ombre
Redira toujours : aime-moi.

UN GUERRIER DE RETOUR.

Air : *J'ai foi dans la sorcellerie.*

Au sein de ma pauvre chaumière,
Enfin me voici de retour.
Viens dans mes bras, ma bonne mère,
Viens ! pour nous tous, c'est un beau jour.
Pendant les horreurs du carnage
J'oubliais l'horreur du trépas,
Mais pour oublier mon village,   } bis
Ça ne se peut pas, ça ne se peut pas.

O bons parents, séchez vos larmes,
Ne craignez plus pour votre enfant :
Partout où j'ai porté les armes,
Notre drapeau fut triomphant.
A Palestro quelle victoire !
A Magenta que de combats !
N'être point fier de tant de gloire,   } bis
Ça ne se peut pas, ça ne se peut pas.

Mais l'aigle de la Renommée
Devant nous dirigeant son vol
A conduit notre brave armée
Non loin des plaines du Tyrol.
Là, d'une grèle meurtrière
Nous subissons tous les éclats.
Mais pour demeurer en arrière, } *bis*
Ça ne se peut pas, ça ne se peut pas.

Le combat fut des plus terribles ;
Malgré les feux autrichiens,
Nos soldats toujours invincibles
Les suivent l'épée dans les reins.
Notre valeur est couronnée
Par les plus brillants résultats.
Ne point chérir cette journée, } *bis*
Ça ne se peut pas, ça ne se peut pas.

Une blessure glorieuse
Obtient mon congé de guerrier.
L'âme contente et radieuse,
Je vole en mon humble foyer.
Dans ces lieux chers à ma jeunesse,
Combien j'ai retrouvé d'appas !
Peindre ici toute ma tendresse, } *bis*
Ça ne se peut pas, ça ne se peut pas.

Maintenant, dites si ma belle
Songe toujours à son amant,
Si son cœur sensible et fidèle
Pour moi garde un doux sentiment.
Vaincre ou mourir pour la patrie,
C'est la devise des soldats ;
Mais oublier leur tendre amie, } *bis*
Ça ne se peut pas, ça ne se peut pas.

La guerre peut durer encore,
Malgré notre gain prononcé ;
Sous la gloire du tricolore
Le soldat peut être blessé ;
Mais que sa valeur bien connue
En tous lieux ne triomphe pas,
Mais que la France soit vaincue, } bis
Ça ne se peut pas, ça ne se peut pas.

LA FÊTE DU VILLAGE.

Air : *Chante, chante, troubadour, chante.*

C'est demain la fête au village,
Préparons robes et fichus,
Sans oublier notre corsage
Et nos petits souliers pointus.

Le ciel est pur et dans la plaine,
L'écho répète les doux sons,
Qui résonnent sous le vieux chêne
Où demain soir nous danserons. (*bis*)

La lune, claire et sans nuage,
Et son disque tout éclatant,
Portent les filles du village
A venir danser en chantant.
Le ciel est pur, etc.

Venez, garçons, à notre fête
Goûter les plaisirs les plus purs ;
Nous serons toutes en toilette,
Pour vous recevoir dans nos murs.
Le ciel est pur, etc.

Nous avons tressé des guirlandes
Pour ce beau jour de vrai bonheur ;
C'est la plus belle des offrandes ,
Que peut vous offrir notre cœur.
    Le ciel est pur , etc.

Nous irons le soir à la danse ,
Pour en goûter les agrémens ;
Nous y ferons la contredanse
Entre amis et entre parents.
    Le ciel est pur, etc.

Vous qui voulez á l'hyménée
Prêter le serment d'un époux ;
Vous trouverez femme adorée ,
Aimable et bien digne de vous.
    Le ciel est pur , etc.

UN SOLDAT TURC

AUX SOLDATS FRANÇAIS ARRIVANT EN TURQUIE.

AIR : *Bayard est mort.*

Soldats du beau pays de France ,
Vous accourez nous protéger ,
Partout vous êtes l'espérance
Des peuples qu'on veut opprimer...
Sous notre ciel la guerre nous assemble ,
Puisse-t-elle bientôt finir ;
Pour notre honneur nous devons vaincre ensemble
    Savoir mourir. (*bis*)

Oui, nous voulons, pour notre gloire ,
Suivre partout votre drapeau
Qui nous assure la victoire ,
Avant de descendre au tombeau.

Serrons nos rangs, formons une phalange ,
Invincible dans les combats ,
Et nous aurons des peuples la louange ,
　　Braves soldats. (*bis*)

La France , toujours bonne mère ,
A ses regards fixés sur vous ;
En attendant le jour prospère
Qui doit vous ramener chez vous :
Et ce jour-là votre belle patrie ,
Heureuse , vous tendra les mains
Comme une mère à sa fille chérie ,
　　Tous les matins. (*bis*)

Et si parfois dans vos chaumières ,
Entourés de nombreux amis ,
Vous racontez toutes vos guerres ,
N'oubliez pas notre pays ;
Et dites-leur qu'à la ville , au village ,
On aime le peuple Français
Qui veut bannir d'ici-bas l'esclavage ,
　　Et pour jamais. (*bis*)

LES CHANTS DU PASTOUR.

AIR à *faire.*

C'est le soir , à l'heure où l'on danse ,
Où l'on danse dans le hameau :
Le pastour de ces lieux s'avance ,
S'avance avec son chalumeau.
C'est un fils de l'Auvergne, un fils de la montagne,
　　Le bonheur l'accompagne ,
　　Le bonheur et l'amour ;

Il chante chaque jour, sous ce riant bocage ;
Vous qui passez par le village
Ecoutez le chant du pastour.

Verts sommets, roches magnifiques ,
C'est vous que célèbrent mes chants ;
Et vous , forêts mélancoliques ,
Et vous , ruisseaux retentissants.
C'est l'Auvergne en un mot, mon Auvergne chérie,
C'est ma verte prairie ,
C'est mon humble séjour ,
C'est de l'enfant des monts le sublime courage.
Vous qui dansez sous cet ombrage ,
Ecoutez le chant du pastour.

Quand je parcours de nos montagnes
Les sentiers émaillés de fleurs ,
Je vois à mes pieds les campagnes ,
Et des cieux je touche aux splendeurs.
Je vois ce ciel si pur , où dans mon saint délire
Ma pensée a su lire ;
Je chante avec le jour ,
Je chante avec la voix des vents et de l'orage
Vous qui rêvez sous le feuillage ,
Ecoutez le chant du pastour.

UN CHANT D'AMOUR.

AIR : *Je viens revoir l'asile où ma jeunesse.*

C'en était fait du printemps , du feuillage ,
Le vent du nord déchaînait ses rigueurs ,
Lorsque ta voix , comme un nouveau langage ,
Vint me parler de nature et de fleurs.
L'hiver alors cessa de m'apparaître ;

Et je me crus au matin d'un beau jour,
Car tes accents, comme un écho champêtre,
Dans mon hameau furent un chant d'amour.

Il faut pour moi zéphyrs, forêt, verdure,
Pour que ma voix bégaie une chanson ;
Il faut que tout chante dans la nature,
Pour que mon cœur s'épanche à l'unisson,
Mais toi, malgré les flots de multitude
Où tant de bruits se choquent tour-à-tour,
En convoitant les bois, la solitude,
Que tu sais bien dicter un chant d'amour !

Je n'ai rien fait pour mériter la page
Où ta bonté me voit d'un si bon œil ;
Je n'ai rien fait pour mériter l'hommage
Dont tes couplets ont flatté mon orgueil.
Honneur plutôt à cette voix paisible,
Qui vint chanter jusque dans mon séjour,
Sut me ravir à mon labeur pénible,
Et m'enivrer d'un nouveau chant d'amour.

LA BONNE MÈRE.

AIR : *Portrait charmant.*

Aimable enfant, quand tu vis la lumière,
Le cœur ému, j'oubliai ma douleur ;
Tu fus pour moi l'aurore du bonheur,
Je n'enviai que celui d'être mère.

Si, quelquefois, pensive et solitaire,
De noirs chagrins empoisonnent mes jours,
Ton souvenir me console toujours,
Et l'avenir est riant pour ta mère.

Loin de ces lieux une main tutélaire
Guide tes pas chancelants, indécis,
J'ai sur ton sort pourtant quelques soucis ;
Quels soins jamais vaudront ceux d'une mère !

Puisse le ciel, exauçant ma prière,
Te préserver des maux les plus légers,
Tous tes dangers deviendront mes dangers,
Et tes plaisirs seront ceux de ta mère.

Si désormais l'existence m'est chère,
C'est que pour toi désormais je vivrai ;
Un sort heureux pour toi m'est assuré,
Si tu réponds à l'amour de ta mère.

PLUS ON EST DE FOUS, PLUS ON RIT.

CHANSON BACHIQUE.

Des frélons bravant la piqûre,
Que j'aime à voir dans ce séjour
Le joyeux troupeau d'Epicure
Se recruter de jour en jour :
Francs buveurs, que Bacchus attire,
Dans ces retraites qu'il chérit,
Avec nous venez boire et rire ;
Plus on est de fous,
Plus on est de fous, plus on rit.

Ma règle est plus douce et plus prompte
Que les calculs de nos savants ;
C'est le verre en main que je compte
Mes vrais amis, les bons vivants.
Plus je bois, plus le nombre augmente,
Et quand ma coupe se tarit,
Au lieu de quinze, j'en vois trente.
Plus on est de fous, plus on rit.

Si j'avais une cave pleine
Des vins choisis que nous sal·lons,
Et grande au moins comme la plaine
De Saint Denis ou des Sablons,
Mon pinceau trempé dans la lie
Sur tous les murs aurait écrit :
Entrez, enfans de la folie,
Plus on est de fous, plus on rit.

Entrez, soutiens de la sagesse,
Apôtres de l'humanité,
Entrez, amis de la richesse,
Entrez, amants de la beauté ;
Entrez, fillettes dégourdies,
Vieilles, qui visez à l'esprit ;
Entrez, auteurs de tragédies ;
Plus on est de fous, plus on rit.

Puisque enfin la vie a des bornes,
Aux enfers un jour nous irons,
Et malgré le diable et ses cornes,
Aux enfers un jour nous rirons.
L'heureux espoir !... que vous en semble ?
Or, voici ce qui le nourrit,
Nous serons là bas tous ensemble ;
Plus on est de fous, plus on rit.

A MARIE AU BERCEAU,

Air de *la valse de Giselle.*

Dors, ô Marie, Ange exilé sur terre,
Nos plus beaux jours sont ceux des premiers ans,
Trop tôt, hélas ! ton enfance, ma chère,
S'envolera sur les ailes du temps !

Comme ta mère, attentive, tremblante,
A ton berceau t'écoute respirer,
Craignant toujours que ton âme naissante
Au sein de Dieu veuille se retirer !

Son front, couvert d'un ténébreux nuage,
Brille bientôt, car heureuse, elle sent
Ta douce haleine effleurant son visage
Lui rappeler que son ange est vivant !

Toi, belle enfant, tranquille tu reposes,
Sûre de l'œil qui veille à ton chevet ;
A ton réveil, tu trouveras des roses
Pour égayer ton esprit inquiet !

Penchée ainsi, ma mère, à ma couchette
Veillait jadis ; mais tout a fui pour moi !
Quand dans mon cœur ce souvenir s'arrête,
Il le remplit de tristesse et d'effroi.

Pourquoi faut-il que ces heures d'enfance
Durent si peu ? Pourquoi vieillir, hélas !
On aime tant cet âge d'innocence ;
Reste petite, enfant, ne grandis pas !

Mais Dieu le veut : à chacun il impose,
En ce bas monde un tribut de douleur.
Tu grandiras ; et puis, à peine éclose,
Fanée aussi, tu mourras, pauvre fleur !

Dors, ô Marie ! ange exilé sur terre,
Nos plus beaux jours sont ceux des premiers ans.
Trop tôt, hélas ! ton enfance, ma chère,
S'envolera sur les ailes du temps !

LA PRISONNIÈRE

Donnant la liberté à un rossignol tombé dans la tour où elle était renfermée.

AIR *à faire.*

Petit oiseau, qui du riant bocage
Voudrais encore goûter l'aménité,
Ne chante plus les chants de l'esclavage :
Reprends ton vol en pleine liberté !
    Les forêts la verdure
    Et l'onde qui murmure,
    Réclament tes doux chants,
    Prélude du printemps.

Va retrouver ta compagne chérie,
Et dans les bois redonner tes concerts ;
Il est si doux de revoir sa patrie,
Après des jours d'absence et de revers..,
    Les forêts, la verdure etc.

Puisse ton chant, toujours doux et sonore,
Porter la joie au sein du laboureur,
Qui dans les champs s'apprête dès l'aurore
A travailler et donner sa sueur...
    Les forêts, la verdure, etc.

Songe parfois, bel oiseau de Cythère,
Quand le matin tu chanteras le jour,
A cette main qui t'a servi de mère,
Lorsque, blessé, tu tombas dans ma tour.
    Les forêts, la verdure, etc.

Matin et soir j'ai soigné ta blessure,
Et sur mon sein j'ai rechauffé ton cœur,
Pendant les mois de la triste froidure
Où tu pouvais être atteint du chasseur.
Les forêts, la verdure, etc.

LE DÉSESPOIR.
ROMANCE.

AIR : du *Retour des Chansons.*

Comme une fleur sur sa tige penchée,
Comme un brillant sur un bandeau d'azur,
Comme une fée admirable et cachée,
Comme une lyre à l'écho doux et pur...
Des pleurs amers inondent son visage,
Mais sa fierté refoule ses sanglots.
« Oui, c'en est fait, cœur ingrat et volage,
Pour t'oublier je descends dans les flots. »

Pouvais-je croire à tant de perfidie ?
A quels accents ne recourais-tu pas ?
J'étais ton ange, et ta joie, et ta vie,
Tu m'aimerais par-delà le trépas !
Et moi, pauvrette, à ce fourbe langage,
En délirant te nommais mon héros !
« Oui, c'en est fait, cœur ingrat et volage,
Pour t'oublier je descends dans les flots. »

Et maintenant tu ris avec audace,
Ton œil du mien affronte les éclairs ;
Je suis pour toi quelque chose qui passe...
Ah ! ton mépris pénètre dans mes chairs !
J'y sens frémir le funeste présage
Du déshonneur qui comble tous mes maux.
« Oui, c'en est fait, cœur ingrat et volage,
Pour t'oublier je descends dans les flots. »

Le gouffre est là, béant, sombre, immobile !..
Adieu ! pour toi mon dernier cri d'amour.
Quand tu verras ton mépris inutile,
Sur ton passé fais un triste retour.
Priez pour moi, vierges de mon village,
Je meurs ! et vous, répétez-lui ces mots :
« Oui, c'en est fait, cœur ingrat et volage,
Pour t'oublier je descends dans les flots. »

Alors, debout, et la tête voilée,
Et les seins nus, et les cheveux au vent,
Les bras levés vers la voûte étoilée,
Elle descend dans le gouffre béant.
Quand disparut de son corps le sillage,
On entendit murmurer les échos :
« Oui, c'en est fait, cœur ingrat et volage,
Pour t'oublier, je descends dans les flots. »

***

ROMANCE.

Retrace-toi ce moment de ma gloire,
Où Cupidon m'accorda la victoire,
L'astre du jour d'un vent paisible et frais,
Se balançait alors dans les forêts.
O ma Julie,
A toi ma vie !

O doux moment ! où mon âme enivrée,
De mon amour t'exprima la pensée !
O doux transport ! hélas ! t'en souviens-tu ?
Je triomphai dans ton cœur abattu.
O ma Julie,
A toi ma vie.

Tes yeux brillants parcouraient l'étendue ;
Tu paraissais inquiète, éperdue,
Et tu n'osais me parler de bonheur,
Mais je sentis pour moi battre ton cœur.
O ma Julie,
A toi ma vie.

A chaque instant je te vois, je t'appelle ;
Plus je te vois, plus tu me parais belle ;
Oui, tout en toi me séduit et me plaît,
Et dans mon cœur me grave ton portrait !
O ma Julie,
A toi ma vie !

A BEAU MENTIR QUI VIENT DE LOIN.

AIR : *du vaudeville des pierrots.*

Je crois volontiers aux ancêtres
Dont se vante un sot orgueilleux ;
Je crois aux voluptés champêtres
Qui ravissaient nos bons aïeux ;
Je crois même au récit superbe
D'un voyage fait sans témoin ;
Mais aussi je crois au proverbe :
A beau mentir qui vient de loin.

Par ses contes galans, Elvire
Tient les auditeurs ébahis :
Elle a bien des choses à dire,
Car elle a vu bien du pays.
De ses adorateurs illustres
Les noms sont inscrits avec soin ;
Mais elle compte quinze lustres.
A beau mentir qui vient de loin.

Avec ses visions cornues
Quand il cherche à nous divertir
Un voyageur tombant des nues,
Achète le droit de mentir.
Ou lorsqu'un marin dans la Seine
Prend un brochet pour un marsouin,
A Paris on le croit sans peine.
A beau mentir qui vient de loin.

Si pour former l'esprit d'un homme
Un grand voyage est toujours bon ,
Pour aller bien plus loin que Rome
Je veux monter dans un ballon.
Je dirai que je vais en Grèce ,
Et je descendrai dans un coin ,
Près de Nanterre ou de Gonesse.
A beau mentir qui vient de loin.

Si l'on en croit certaine histoire,
En enfer on n'a pas beau jeu ;
Dès qu'on a passé l'onde noire,
On dit qu'on n'y voit que du feu.
Mais cette histoire que l'on brode
Ne peut nous donner du tintoin :
Elle est aussi vieille qu'Hérode.
A beau mentir qui vient de loin.

SOUVENIR DE BÉRANGER.

AIR à faire , ou : *T'en souviens-tu ?*

Je m'en souviens, il chantait les victoires
Et ranimait nos généreux soldats ,
En leur contant les sublimes histoires
De nos héros tombés dans les combats.
Tous ses récits électrisaient la France,
Qui se dressait sentant battre son cœur ;
Mais il n'est plus du brave l'espérance !
Qui chantera nos soldats et l'honneur ?

De Champ-Aubert il chanta la journée ,
Où tous les rois luttèrent contre nous ;
Il consola la France détrônée ,
Par ses couplets, en refrains les plus doux...
Tous ses récits , etc.

Il a chanté les maux de sa patrie ,
Il a chanté l'amour de son pays...
Il a chanté pendant toute sa vie ,
Sans oublier les malheureux proscrits !
Tous ses recits , etc.

Le monde entier lui tresse des couronnes,
Pour décorer son modeste tombeau ,
Que tout Paris voudrait voir en colonnes ,
Pour que chacun pût y graver un mot...
Tous ses récits , etc.

Il a rejoint Désaugiers et Vaissière ,
Qui l'attendaient des lauriers à la main ,
Pour couronner des chansonniers le père
Que pleure encor le peuple parisien.

La mort trop tôt a frappé ces poètes,
Qui passeront à l'immortalité !...
Par leurs écrits ils ont fait des conquêtes,
Et défendu souvent la liberté....

VERSEZ DONC A BOIRE.

AIR : *De la Meunière.*

Je ne suis pas ambitieux,
Mais je tiens à boire
De ce nectar délicieux,
Chassant l'humeur noire.
A l'exemple de feu Piron,
Je suis rimeur, quand je suis rond.
Versez donc à boire
Du vieux et du bon.

Je laisse à d'autres le renom,
Les titres, la gloire ;
Il m'importe peu que mon nom,
Vive dans l'histoire.
Du bon vin, je suis amoureux,
Lui seul peut me rendre envieux.
Versez donc à boire
Du bon et du vieux.

Jamais le bon jus du tonneau
Ne rend l'humeur noire,
Le contraire est produit par l'eau,
Le fait est notoire ;
L'un me rend gai comme un pinson,
L'autre me donne le frisson ;
Versez donc à boire
Du vieux et du bon.

Oui , l'eau me cause le frisson ,
Vous pouvez me croire ;
Si je compose une chanson ,
Ce n'est qu'après boire.
L'eau me rend maussaude, ennuyeux :
Le vin me rend l'esprit joyeux.
Versez donc à boire
Du bon et du vieux.

S'il n'eût bu que de l'eau, Panard
D'aimable mémoire ,
Eût chanté faux comme un canard ,
Et fût mort sans gloire.
Pour moduler à sa façon ,
Il ne faut pas vivre en poisson.
Versez donc à boire
Du vieux et du bon.

Anacréon et ses amis
Étaient gens à boire ;
Chez eux , c'était, non pas admis ,
Mais obligatoire.
On ne rend un festin joyeux ,
Qu'en l'arrosant à qui mieux mieux.
Versez donc à boire
Du bon et du vieux.

Dans l'Olympe comme chez nous,
On aimait à boire ;
Le nectar était même doux
Aux sœurs de mémoire.
Ces filles du sacré vallon
grisaient avec Apollon.
Versez donc à boire
Du vieux et du bon.

Aussi longtemps qu'on le pourra,
Amis, il faut boire ;
Trop tôt la camarde viendra
Nous faire déboire.
Le verre en main, le front joyeux,
Attendons ce moment fâcheux.
Versez donc à boire
Du bon et du vieux.

S'il nous faut aller habiter
La demeure noire,
Des foudres faut y transporter
En guise de poire.
Nous griserons le dieu Pluton,
Il est très-bon diable, dit-on.
Nous lui ferons boire,
Du vieux et du bon.

LE CHAMP DE FOIRE.

AIR : *Paris à cinq heures du matin.*

Venez à la foire,
Chanter, rire et boire,
Accourez, chalands,
C'est le jour de gloire,
Le jour de victoire
De tous les marchands.

On court, on s'empresse,
On pousse, on se presse,
Bonjour et bonsoir,
On vend, on achète,
On danse et l'on fête
Du matin au soir,

Les marchands gémissent,
Les taureaux mugissent,
Bèlent les moutons,
Grognent les cochons,
Les chevaux hennissent,
Galoppent, bondissent.

Murmure effroyable,
Vacarne de diable,
Cohue de damné ;
La terre en est lasse,
Et l'oiseau qui passe
S'envole étonné.

Dans la vaste plaine,
Au pied d'un grand chêne,
Sur les frais gazons,
Des buveurs la foule
Se presse, se foule,
Vidant cent flacons.

Mais voilà bataille,
Au voleur !... canaille !
Disent les champions,
Ils tempêtent, luttent ;
Tapent, se culbutent
A coups de bâtons.

Sur un nez qui craque
Devant leur baraque,
Les comédiens,
Mêlent leur voix rauque.
Au concert baroque
Des musiciens,

Accourez, fillettes,
Voilà les musettes

Et les violons ,
La criarde vielle
Qui racle l'oreille
De ses maigres sons.

Sur la mousse verte ,
A tous gens ouverte ,
Filles et garçons ,
En troupe serrée
Dansent la bourrée
Et forment des ronds.

Mais la nuit s'apprête ,
On quitte la fête ,
L'amour et le vin ,
On babille , on trotte ,
On crie , on se crotte
Jusqu'au lendemain.

Accourez , chalands ,
C'est le jour de gloire ,
Le jour de victoire
De tous les marchands.

ON N'EN MEURT PAS.

AIR : *Ça ne se peut pas.*

Chaque jour , dans maintes gazettes
Plus d'un critique avec aigreur ,
Annonce à nos jeunes poëtes
Que rimer est un grand malheur.
Auteurs , bravez cette colère ,
N'en redoutez point les éclats :
Est-on sifflé par le parterre ?
      On n'en meurt pas.   (*bis.*)

Vous devriez mourir de honte,
Dis-je à des fripons enrichis ;
Chacun d'eux répond : « C'est un conte
» Riez de nous ; de vous je ris :
» En beaux systêmes l'on s'épuise ,
» Mais puisque j'ai de bons ducats ,
» Que m'importe qu'on me méprise ?
    » On n'en meurt pas.

Quand deux champions pleins de jactance
Se sont provoqués au combat ,
De cette affaire d'importance
On peut prévoir le résultat.
« Allons , monsieur, point de réplique ,
» En garde... mettez habit bas. »
Puis on va diner, l'on s'explique...
    On n'en meurt pas.

Ma femme est jeune , aimable et belle.
Aussi je l'aime avec transport :
Ah ! si j'étais trompé par elle ,
Ce coup me donnerait la mort.
L'aventure serait étrange :
Soyez philosophe en ce cas ,
D'une inconstante l'on se venge :
    On n'en meurt pas.

La veille de son mariage ,
Agnès disait : C'est donc demain
Que je vais entrer en ménage !
D'avance, j'ai peur de l'hymen.
Il faut qu'ici je te rassure ,
Répondit la maman tout bas :
Tu seras heureuse , je jure
    Qu'on n'en meurt pas.

Du goût que j'ai pour la bouteille
Pourquoi veut-on me corriger ?
D'aimer le doux jus de la treille,
Moi, je ne vois plus le danger.
Amis, jusqu'au bord de la tombe,
Le vin doit avoir des appas :
On boit, on se grise, l'on tombe :
On n'en meurt pas.

L'ESPÉRANCE.

AIR à faire.

Je croyais trouver le bonheur
Sous les lois de l'indifférence,
Mais pour moi ce fut une erreur,
Et j'ai vu fuir cette espérance.

Ah ! désormais, pour être heureux,
Puis-je vivre sans ta présence :
J'aime et j'ai puisé dans tes yeux
Bons jours, désirs, douce espérance.

Quand à mon délire amoureux
Ta raison impose silence,
Survivrais-je à mon sort affreux
Sans les bienfaits de l'espérance.

Las ! du destin si les décrets
Doivent flétrir mon existence,
Ah ! pour adoucir mes regrets,
Qu'il me reste au moins l'espérance.

COMPLAINTE D'UNE FEMME A SENTIMENTS.

ROMANCE.

Air : *De mon Berger volage.*

Dans le siècle où nous sommes,
Qu'on s'aime faiblement !
L'on ne peut chez les hommes
Trouver du sentiment.
Tircis n'est point volage,
Mais son cœur est usé ;
Se peut-il qu'à son âge
Un cœur soit épuisé ?

Tu jures que tu m'aimes ;
Mais c'est si froidement !
Tircis, tes serments mêmes
Redoublent mon tourment !
Laisse le vain langage
Des serments superflus :
Aime-moi davantage,
Et ne le jure plus.

Quels destins sont les nôtres !
Pourquoi suis-tu mes pas ?
Tu n'en aimes point d'autres,
Mais tu ne m'aimes pas ;
Quand ton cœur léthargique
N'est plus sensible à rien,
Ingrat, ce qui me pique,
C'est que je sens le mien.

Comment ! rien ne ranime
Tes désirs languissants !

Ce n'est pas que j'estime
Les vains plaisirs des sens ;
Mais, que ton cœur s'enflamme,
Du moins, par mes transports...!
Eh quoi ! même ton âme
A perdu ses ressorts.

L'HIVER.

L'hiver, sur les montagnes,
Répand ses noirs frimats ;
Dans nos tristes campagnes,
Il arrive à grands pas.
Adieu, vertes prairies !
Adieu, riches côteaux !
Adieu, plaines fleuries !
Adieu, charmants ruisseaux !

Le ciel de gros nuages
Reste toujours couvert,
Et bientôt nos rivages
Ne seront qu'un désert.
Adieu, riants bocages !
Adieu, fleurs et gazon !
Adieu, soleil, ombrages !
Adieu, bel horizon !

Les feuilles, la verdure,
Tout se fane et périt ;
Hélas ! dans la nature,
Tout pleure et tout gémit.
Adieu, voûte azurée !
Adieu, tendres zéphirs !
Adieu, brise embaumée !
Adieu, tous mes plaisirs !

Et toi , ma bien aimée ,
Sous les arbres touffus ,
Sur la rive enchantée ,
Je ne te verrai plus.
Adieu , belle Marie !
Adieu , mon tendre cœur !
Adieu , ma seule amie !
Adieu , tout mon bonheur !

LES ADIEUX D'UN CONSCRIT.

AIR : *Sœur Luce , jeune hospitalière.*

C'était un soir dans la prairie ,
Au sein de l'ombre et du repos ,
François, à côté de Marie ,
Pleurait en lui disant ces mots :
Adieu , douce et charmante amie ,
Malgré moi, je vais te quitter ;
Je pars pour servir la patrie ;
Hélas ! il faut nous séparer.

L'espoir qui remplissait mon âme
M'enivrait d'amour , de bonheur ;
Une innocente et douce flamme
Près de toi consumait mon cœur ;
Mais aujourd'hui, ma toute belle !
Sous les drapeaux je suis inscrit ;
Belle , resteras-tu fidèle
Au pauvre et malheureux conscrit ?

La pauvre fille , confondue ,
Pleurait et soupirait tout bas ;
Elle dit d'une voix émue :
François, ne te chagrine pas !
Reçois de ma main cette image
Comme une preuve de ma foi ;

Quoi qu'il arrive , je m'engage
A n'épouser jamais que toi.

O noble et généreuse amie !
Ta voix m'a redonné l'espoir.
Porte cette bague chérie ;
Toi seule est digne de l'avoir.
Laisse-moi , sur ta bouche rose ,
Prendre encore un baiser d'amour.
Adieu ! sur ta foi je repose ;
Bel ange ! espère en mon retour.

ELLE N'EST PLUS !

Tout a pâli dans ma triste existence :
Plus de bonheur , plus de doux avenir ;
La belle Emma faisait mon espérance ,
La mort , hélas ! vient de me la ravir.
Elle m'aimait ! sa voix pleine de charmes
M'avait promis sa main et ses vertus.
Mais en ce jour il n'est plus que des larmes ,
Elle n'est plus ! hélas ! elle n'est plus !

Cette fenêtre , ou sa main bienfaisante
Matin et soir. arrosait un laurier ,
Ne montre plus qu'une tige souffrante ,
Sans vives fleurs , sans éclat printanier.
Ces bois discrets , jadis pleins de mystère
Semblent courber leurs rameaux abattus ,
Pour répéter d'une voix funéraire :
Elle n'est plus ! hélas ! elle n'est plus !

Voici l'endroit où repose sa cendre !...
O ma chérie ! au pied de ton cyprès ,
Que ta voix douce encor se fasse entendre
Et que ton ombre écoute mes regrets ;

Mais ce silence augmentant ma tristesse,
Et cette croix rappelant ses vertus,
Semblent s'unir pour me dire sans cesse :
Elle n'est plus ! hélas ! elle n'est plus !

Dieu souverain, en ta sainte puissance,
Pourquoi m'ôter ce cœur affectueux ?
Ah ! je comprends ! en ce lieu de souffrance,
En cet exil, j'eusse été trop heureux ;
Mais, Dieu puissant ! exauce ma prière,
Rassemble-nous au séjour des élus.
Ah ! sans regrets je quitterai la terre :
Qu'y faire, hélas ! quand ma belle n'est plus ?

L'ORPHELINE.

AIR : *Brune Juive, ó toi que j'adore !*

Sur une tombe solitaire,
A côté d'un triste cyprès,
Une jeune et pauvre ouvrière
Exprimait ainsi ses regrets :
O ciel ! exauce ma prière,
Termine mes jour malheureux ;
Pour moi, plus d'appui sur la terre, } *bis.*
Ma pauvre mère est dans les cieux.

Sans protecteur et sans asile,
Où diriger mes faibles pas ?
Partout je me sens inutile ;
Hélas ! comment vivre ici-bas ?
J'irai, de chaumière en chaumière,
Implorer les cœurs généreux.
Toi qui m'aimais tant, ô ma mère ! } *bis.*
Veille sur moi du haut des cieux.

Mais qu'ai-je dit ? Non ! l'existence
Est trop amère a ce prix.

A mon cœur brille l'espérance,
Mes maux bientôt seront finis :
O toi qui me fus toujours chère !
Rends le ciel propice à mes vœux.
Sois mon espérance, ô ma mère !
Conduis-moi vers toi dans les cieux. *bis.*

FÊTE EN PLEIN AIR.

Air à faire.

Sous ces ormeaux dont la haute stature,
En se joignant, forme un toit de verdure,
Mille joueurs, mille instruments joyeux,
Font retentir des sons mélodieux.
Dans les transports d'une gaîté folâtre,
Les belles, sur ce beau théâtre,
Toutes parées de rubans et de fleurs,
Vont prendre place aux cercles des danseurs.
    Chaque jeune homme, en ce beau jour,
    Choisit un bel ange d'amour.

Ici l'on voit, à l'ombre d'une branche,
Des mets placés sur une nappe blanche,
Et tout autour les convives heureux
Sur le gazon font un groupe joyeux.
Plus loin, plus loin, à l'écart de la danse,
Des beautés cherchent le silence,
Et leurs amants, courant les rencontrer,
Rompent leur chaîne afin de la doubler.
    Chaque amoureux, en ce beau jour,
    Conduit son bel ange d'amour.

Mais quand trop tôt la nuit ramène l'ombr
Tout se ranime en un jour demi-sombre ;

Des instruments c'est le plus beau refrain ,
Et des amants c'est le plus doux entrain.
Chaque berger , au bras de sa bergère ,
Croit être aux bosquets de Cythère ;
Il faut partir ! c'est le cri des mamans ;
Il faut danser ! c'est le cri des amants.
    Chacun termine ce beau jour
    Avec son bel ange d'amour.

UNE MÈRE SUR LA CAPTIVITÉ DE SON FILS.

AIR : *Portrait charmant.*

Comment calmer , ô mère infortunée ,
Le sentiment qui déchire mon cœur !
Qui m'apprendra quelle est la destinée
Du fils chéri qui cause ma douleur !
O jour fatal , qui , loin de la patrie,
Vint me ravir l'objet de mes amours !
Depuis qu'il vit sur la plage ennemie ,
Les noirs chagrins empoisonnent mes jours.
Que croire , hélas ! d'un sinistre silence ,
Dont chaque instant ajoute à mon malheur !

Cruel enfant , guéris ma défiance ,
Ou crains pour moi l'excès de la douleur...
Cruels pensers , qu'une triste prudence
Vient suggérer à mon cœur malheureux !
Cédez , cédez à la douce espérance !
Bientôt mon fils reviendra dans ces lieux.
Je le verrai plein d'honneur , de tendresse ,
Venir m'offrir ses lauriers et ses vœux ,
De son bonheur embellir ma vieillesse ,
Et de sa main me clore enfin les yeux !

LA GAITÉ POUR DEUX SOUS.

Air d'*Agéline* (Wilhem).

Bon jour, bon an, je reviens de voyage,
J'ai vu le Pinde, et j'en ai rapporté
Chants et refrains, poétique bagage,
Pauvre toujours, mais jamais rebuté ;
Car l'atelier de chansons assaisonne
Le pain et l'eau qui font tous ses repas,
Quand près de lui, dans ses pompeux ébats,
Le salon dit la romance mignonne.

Riches et gueux, ensemble approchez-vous,
Je donne ici la gaîté pour deux sous.

Infortunés que la misère accable,
Amans trahis, délaissés des amours,
Mes gais flonflons, par leur langage aimable,
En un instant vous rendront vos beaux jours.
Pour vous, Crésus, que le plaisir redoute,
Et qui de spleen bourrez vos estomacs
Pour médecin prenez mes almanachs ;
Du vrai bonheur ils vous montrent la route.

Riches et gueux, ensemble approchez-vous,
Je donne ici la gaîté pour deux sous.

Oui, venez tous, c'est un dieu qui m'envoie,
Riches et gueux, égayer vos esprits ;
Car il le sait, on a besoin de joie
Sous l'humble chaume et les plus beaux lambris.
Par de doux sons, je remplace la peine
Que le passé versait dans votre cœur ;
Dans notre siècle égoïste et menteur,
A ses clients fît-on plus belle étrenne ?

Riches et gueux, ensemble approchez-vous,
Je donne ici la gaîté pour deux sous.

L'ALMANACH CHANTANT AU VILLAGE.

AIR : *Il est nuit , chaque porte est close.*

Je revois ces belles prairies :
Où j'ai fredonné tant de fois ,
Et déjà mille voix chéries
    Répondent à ma voix :
        Tra , la , la.

Oui , c'est moi qui viens au village
Porter de nouvelles chansons ,
Revoir mes amis du bel âge ;
    Leur donner pour leçons :
        Tra , la , la.

Laboureurs , vos jours sont paisibles ,
Votre devise est : Travaillons !
Pour charmer vos travaux pénibles ,
    Chantez dans vos sillons :
        Tra , la , la.

Fillettes douces et gentilles ,
Sous l'ormeau venez vous asseoir ;
En glissant vos dés , vos aiguilles ,
    Répétez chaque soir :
        Tra , la , la.

Bons vieillards , l'âge vous consigne ;
Mais pour conjurer le chagrin ,
Ah ! goûtez du jus de la vigne ,
    Et chantez ce refrain :
        Tra , la , la.

Et le pauvre almanach poète ,
Tout joyeux de vous voir contents ,
Voudrait avec vous chaque fête ,
    Dire pendant cent ans :
        Tra , la , la.

LA MENDIANTE CLERMONTOISE.

AIR de *Jenny l'ouvrière.*

Voyez là-bas cette pauvre Auvergnate,
A tous passans demander du secours.
On l'appelait autrefois belle Agathe,
Chacun venait écouter ses discours.

Et maintenant qu'elle est dans la misère,
On ne voit plus tous ses adorateurs,
Qui maintes fois, devant sa bonne mère,
La couronnaient de fleurs. (*bis*)

Quand tout brillait au sein de sa famille,
A ses parents on demandait sa main ;
Mais aujourd'hui elle n'a rien qui brille,
Un chapelet, seul, est son gagne-pain.
 Et maintenant, etc.

Oui, comme vous, elle avait des parures,
L'or à son cou brillait avec éclat...
Lorsqu'un mortel, qui souffre les tortures,
De tous ses biens en un jour la priva...
 Et maintenant, etc.

Ce jour fatal vit sa mère chérie
Lever ses mains au ciel, et prier Dieu
De protéger sa fille dans la vie...
A ses parents faire un dernier adieu...
 Et maintenant, etc.

Donnez-lui donc : elle fut généreuse,
Aux malheureux souvent elle donnait ;
Elle n'était de son or glorieuse
Que pour donner aux pauvres en secret.
 Et maintenant, etc.

LE PÈRE PAUL.

AIR : *Ma grand-mère , un soir à sa fête.*

Près de sa table de cuisine ,
Qui consiste en un tronc de bois ,
Chaque jour , vidant sa chopine ,
Père Paul chante à pleine voix :
    Oui , dans mon bel âge ,
    J'étais fanfaron ,
    J'étais du village
    Le meilleur luron.

Je portais chapeau sur l'oreille ;
Veste , boutons et gilets blancs ,
Ceinture de couleur pareille
Et jarretières de rubans.
    Oui , etc.

    C'était moi qui faisais la mode ,
Et pour se mettre galamment ,
Les farauds prenaient pour méthode
D'imiter mon ajustement.
    Oui , etc.

    Quand des fats prenaient fantaisie
De me chicaner quelquefois ,
Cré coquin ! dans ma frénésie ,
J'en terrassais six à la fois.
    Oui , etc.

    Et lorsqu'arrivait notre fête ,
C'était là qu'il fallait me voir !
Tambours... clairons... j'étais en tête
Et je savais m'y prévaloir.
    Oui , etc.

Et chacune de nos fillettes
Me regardant d'un œil grivois ;
Seul, je faisais plus de conquêtes
Que le plus vaillant de nos rois.
　Oui, etc.

Nos dandys ne sont que des drôles :
Pour en faire de bons vivants ,
Il faudrait les mettre aux écoles
Que je présidais de mon temps.
　Oui, dans mon bel âge,
　J'étais fanfaron ,
　J'étais du village
　Le meilleur luron.

RECOMMENÇONS.

AIR : *Chanson, chanson.*

En versant son jus à plein verre ,
Bacchus , l'an passé , nous fit faire
　Bien des chansons.
Lorsque le public encourage
Notre bachique badinage ,
　Recommençons.

Sous la tente ou dans la guérite ,
Au combat le Français s'excite
　Par des chansons.
Puisqu'un refrain à la victoire
Conduit les enfans de la gloire ,
　Recommençons.

Plus d'un galant , près de sa dame ,
Employa , pour peindre sa flamme ,
　Vers et chansons ;

N'ôtons point aux amants fidèles ;
Ce moyen de charmer les belles ,
Recommençons.

CHANSON BACHIQUE.

AIR *des Truands.*

Quand mon verre est plein , tin , tin , tin , tin ,
Tout plein de bon vin, tin , tin , tin , tin ,
Narguant le chagrin , tin , tin , tin , tin ,
    Sans un sou de rente ,
    Je ris et je chante ;
Quand mon verre est plein , tin , tin, tin, tin ,
Tout-plein de bon vin , tin , tin , tin , -
    Sans un sou de rente ,
    Je ris et je chanté
    Jusqu'au lendemain. (*bis*)

Si parfois des amours j'adore
    Le petit dieu falot ,
D'un flacon j'aime mieux encore
    Pressurer le goulot ;
    Pour ce jus qui nous grise ,
      Même au berceau
      Je délaissais l'eau,
    Et toujours ma devise
    Fut ce refrain si beau :
Quand mon verre est plein , etc.

Bien souvent je plains le vulgaire,
    Qui trouve surprenant ,
Quand Bacchus me livre la guerre,
    De me voir chancelant.
    Par sa sève féconde ,
      C'est naturel ,

Tout rationnel :
Lui qui vainquit le monde
Peut bien vaincre un mortel.
Quand mon verre est plein, etc.

Si pour vous Vénus est trop fière,
Si Momus vous a fui,
Venez noyer au fond d'un verre
Et l'amour et l'ennui.
La face enluminée
Par ce bon jus,
Gaillards revenus,
De votre Dulcinée
Vous rirez du refus.
Quand mon verre est plein, etc.

Compagnons du joyeux Silène,
Allons, pas de façons,
Comme moi, la panse bien pleine,
Répétez ses leçons.
Débouchez ce champagne,
Que sa liqueur
Vous mette en humeur,
Et battant la campagne,
Entonnez tous en chœur :
Quand mon verre est plein, etc.

L'EMBARRAS DU CHOIX.
Air de *Joconde.*

Ah ! ciel ! quel beau couple de sœurs
A mes yeux se présente !
Que d'écueils pour de jeunes cœurs !
L'une ou l'autre est charmante.
Mais sans mettre en comparaison
Leur beauté peu commune,

Soit par sympathie ou raison ,
    J'aimerais mieux la brune.

La cadette a pourtant le prix
    Par un autre mérite :
Les grâces , les jeux , les ris
    Badinent à sa suite.
L'agrément joint à la beauté
    Enchante tout le monde ;
Et je crois que , tout bien compté ,
    J'aimerais mieux la blonde.

Ah ! que l'aînée a de beaux yeux !
    Quelle charmante bouche !
Que son sourire est gracieux !
    Il n'est cœur qu'elle ne touche !
Son sérieux même fera
    Quelque jour la fortune
De l'heureux époux qu'elle aura...
    J'aimerais mieux la brune.

Mais quand je regarde de près
    Son aimable cadette ,
Je sens balancer mes souhaits.
    Qu'elle est belle et bien faite !
En blancheur elle efface les lis ,
    Sa taille est sans seconde ,
Du premier choix je me dédis ,
    J'aimerais mieux la blonde.

Comme un fer entre deux aimants
    Demeure en équilibre ,
Mon cœur , entre vous balançant ,
    N'est éclairé ni libre.
Si l'on me donnait à choisir
    Des cœurs comme les vôtres ,
Je dirais , de peur de faillir :
    J'aimerai l'une et l'autre.

JE N'EN SAIS RIEN.

AIR : *Ça ne se peut pas.*

Ici chacun de nous s'acquitte
Avec quelque joyeux couplet :
Envers vous , afin d'être quitte ,
J'ai pris un refrain qui me plaît :
Il ne s'agit plus que d'écrire ,
Et sans doute j'écrirai bien ;
Mais avant tout que faut-il dire ?...
    Je n'en sais rien.   (*bis.*)

Certain d'avoir plus d'un confrère ,
Je veux bien être un ignorant ;
Hors la gaîté , la bonne chère
Tout me devient indifférent.
Grands politiques de la terre ,
Votre souçi n'est pas le mien :
Qu'on fasse la paix ou la guerre ,
    Je n'en sais rien.   (*bis.*)

Dans un cercle où l'ennui circule
Lorsqu'il me faut perdre le tems ,
L'œil arrêté sur la pendule
Je compte , hélas ! tous les instans.
Mais dans cette aimable demeure ,
En véritable épicurien ,
Je bois , je chante... et quant à l'heure !
    Je n'en sais rien.   (*bis.*)

Par de mordantes épigrammes ,
Filles de la Malignité ,
A tort nous reprochons aux femmes
Leur piquante frivolité :

L'inconstance est un avantage
Que l'homme leur dispute bien ;
Qui des deux change davantage ?
    Je n'en sais rien.   (*bis.*)

Des plaisirs apôtre fidèle ,
Vainement j'ai cru fuir l'hymen ;
Je cède aux charmes d'une belle
Qui m'offre son cœur et sa main :
Me voilà donc à ma Climène
Uni par un tendre lien.
Que serai-je dans la semaine ?
    Je n'en sais rien.   (*bis.*)

Joignant la grâce à la saillie ,
Nos premiers maîtres en chanson
Sous les dehors de la folie
Cachaient une adroite leçon :
D'égayer , de plaire et d'instruire
Comment trouvaient-ils le moyen ?
Je n'ai pas besoin de vous dire :
    Je n'en sais rien.   (*bis.*)

Puisque l'on chante à tour de rôle ,
Amis, daignez me remplacer :
Je viens de tenir ma parole ;
Que n'ai-je pu m'en dispenser !
Mais pour le lecteur qui s'abonne
Il faut écrire ou mal ou bien :
Trouvera-t-il ma chanson bonne ?
    Je n'en sais rien.   (*bis.*)

LE MIROIR.

AIR : *Femmes , voulez-vous éprouver.*

Le miroir rend à la beauté
Son image la plus sincère :
Elle y voit , avec vérité ,
Sa fraîcheur sa taille légère.
Que d'attraits l'on montre au miroir !
Et qu'un amant lui porte envie !
Il n'est rien qu'on y puisse voir :
Oui , c'est le tableau de la vie.

Le miroir nous montre au grand jour
La marche et les effets de l'âge ;
Il nous dit de craindre l'amour
Ou d'écouter son doux langage.
Il nous prédit tous nos succès ,
Il nous annonce nos disgrâces ;
Il sait nous peindre nos excès ,
Et nous fait admirer les grâces.

Si devant ce juge , avec art ,
La beauté se plait et se pare ,
Il lui dit : « ôtez votre fard ,
Et d'ornements soyez avare. »
Il sait conseiller la laideur ,
En lui disant ce qu'il faut faire ;
A la vieillesse , avec rigueur ,
Il dit : Ne cherchez plus à plaire.

FIN.

TABLE.

www.ingramcontent.com/pod-product-compliance
Lightning Source LLC
Chambersburg PA
CBHW060811180626

46818CB00002B/785